La Nuit
des Malappris

À Rémy

Les Éditions du Boréal remercient le Conseil des Arts du Canada ainsi que le ministère du Patrimoine canadien et la SODEC pour leur soutien financier.

Les Éditions du Boréal bénéficient également du Programme de crédit d'impôt pour l'édition de livres du gouvernement du Québec.

Diffusion au Canada : Dimedia
Distribution et diffusion en Europe : Les Éditions du Seuil

Données de catalogage avant publication (Canada)
    Merola, Caroline
    La Nuit des Malappris
    (Boréal Maboul)
    (Le Monde de Margot ; 10)
    Pour enfants de 6 ans et plus.
    ISBN 2-7646-0302-9
    I. Titre. II. Collection. III. Collection : Merola, Caroline. Monde de Margot ; 10.

PS8576.E735N84   2004   jC843'. 54   C2004-940289-7
PS9576.E735N84   2004

La Nuit des Malappris

texte et illustrations
de Caroline Merola

Boréal Maboul

1

Le petit prisonnier

Comme tous les samedis matin, Margot fait les courses avec sa mère. À leur retour à la maison, ses trois frères ont une grande nouvelle à leur annoncer. Pierre, le premier, s'agrippe au bras de sa mère.

— Maman, on est allés tout à l'heure près de la rivière…

Jean poursuit :

— On avait emporté un sac pour ramasser des marrons…

— Et on a attrapé un lièvre ! s'exclame Jacques en sautillant.

— Un lièvre ? demande leur mère, étonnée. Où l'avez-vous mis ?

— Dans l'ancienne cage du hamster. Viens voir, il est vraiment drôle !

— Pauvre bête ! soupire la maman.

Margot court derrière ses frères. La cage est dehors, à l'ombre d'un jeune érable. Margot aperçoit le lièvre qui s'agite, fébrile, dans un amas de laitue et de légumes.

Elle demande à Jean :

— Allez-vous le garder pour toujours ?

Son frère passe une petite branche à travers les barreaux.

— Papa nous a permis de le garder jusqu'à demain soir. Après, nous devrons le ramener là d'où il vient.

Leur mère fronce les sourcils.

— D'ici là, n'embêtez pas trop cet animal,
dit-elle avant de retourner vers la maison.

Margot est captivée par le lièvre. Elle demande :

— Lui avez-vous trouvé un nom ?

— On l'a appelé « Léon les yeux ronds »,
répond Pierre.

— Parce qu'il nous regarde toujours avec ses yeux idiots, rigole Jean.

— Il n'a pas l'air idiot, gronde Margot. Il a l'air gentil.

— De toute façon, tu n'y touches pas. C'est notre lièvre. Si tu veux le voir, tu dois

nous demander la permission. Et tes amies, elles, devront payer un dollar.

— Un dollar ! s'exclame Margot. Vous ne vous gênez pas ! Votre lièvre n'intéresse personne. Je souhaite qu'il s'échappe. Et qu'il vous morde !

Les joues rouges et les poings serrés, Margot quitte ses frères. Ils ont tous les trois le don magique de la faire enrager. De loin, elle les entend se moquer d'elle :

— Qu'elle aille s'en chercher, un lièvre, si elle peut !

— Margot ? Elle est incapable d'attraper un papillon avec un filet.

— Ou un ver de terre avec un lasso. C'est trop rapide pour elle, un ver de terre sauvage ! Ha ! Ha ! Ha !

2

Un drôle d'animal

Margot ne peut pas retourner voir le lièvre.
Un de ses frères est toujours là qui veille.

L'après-midi, elle va au parc avec son amie
Florence. Elles rêvent d'attraper un animal,
elles aussi. Mais les deux filles ne trouvent
rien. Pas même un papillon ou un ver de
terre…

Margot cherche un moyen de se venger.
Elle pourrait libérer le lièvre pendant que ses
frères dormiraient. Quel bon tour ce serait !
Mais elle hésite. Le lièvre retrouverait-il seul la
rivière ? Oserait-il traverser la rue ?

Margot est triste. Elle aurait aimé nourrir le lièvre, le caresser. Le soir, elle s'endort en imaginant ses frères enfermés dans une cage. Les coquins la supplient de bien vouloir leur donner à manger.

Soudain, la fillette se réveille au beau milieu de la nuit. Elle a cru entendre un gémissement. Elle s'assoit dans son lit, le cœur battant, l'oreille tendue. À nouveau, une courte plainte se fait entendre. Le bruit vient du dehors. Serait-ce le lièvre ?

Margot enfile ses pantoufles et prend la lampe de poche dans le tiroir de sa commode. Elle traverse sans bruit la cuisine et ouvre la porte qui mène au jardin. La nuit est claire.

La cage est toujours au même endroit, sous l'arbre. Margot n'a pas peur. Elle va enfin pouvoir prendre le lièvre. Elle éclaire la cage avec sa lampe de poche.

Oh ! Le lièvre n'est plus à l'intérieur ! À sa place, un drôle de petit animal se tient debout sur ses pattes de derrière. Ses longues oreilles

pendent de chaque côté et, surtout, il est tout habillé ! Habillé comme un enfant, avec un t-shirt et des pantalons courts. Margot n'en revient pas.

Une voix effrontée la fait sursauter :

— Eh ! Cesse de m'envoyer la lumière dans les yeux !

— Mon Dieu ! souffle Margot. Le lièvre parle !

— Oh ! Un, je ne suis pas un lièvre. Deux, ouvre-moi cette porte. Ça fait une heure que je me tords les pattes à essayer d'y arriver.

Un peu tremblante, Margot retire la tige de métal qui verrouille la porte.

La petite bête sort tranquillement de la cage, époussette son pantalon et rajuste son t-shirt.

— Eh bien, ma jolie, je te dois une fière chandelle !

Margot le regarde, muette d'émotion. Le petit animal se gratte le ventre et dit :

— Ça va, cesse de me contempler ainsi, la bouche ouverte. Tes dents vont tomber ! Tu te demandes ce que je suis, hein ? Je suis un Malappris. Beau et intelligent. Tu en as, de la chance !

Margot se ressaisit un peu :

— D'où sors-tu, Malappris ? Où… où est le lièvre ?

— Non, mais ! Tu te moques de moi ? Tu vois bien que je sors de cette cage. Je suis lièvre le jour et Malappris la nuit. C'est bien pratique pour se balader au soleil. On passe inaperçu.

Le Malappris prend un air sérieux :

— En me libérant, tu m'as rendu mes pouvoirs, ma jolie. Nous autres, les Malappris, sommes des magiciens. Mais notre magie doit être libre comme le vent pour s'accomplir. Derrière des barreaux, elle devient aussi prisonnière que nous.

Margot croit rêver : cet espèce de lutin velu se prend pour un magicien ? Le Malappris poursuit son étrange discours :

— Tu sais, une fois par an, nous pouvons exaucer le vœu d'un humain. Pour te prouver ma reconnaissance, je t'offre ce vœu. Alors, qu'est-ce qui te ferait plaisir ? Un tapis magique ? Une maison de bonbons ?

— Un vœu ? s'étonne Margot. Tu es vraiment un génie ?

— Un génie génial ! Allez ! On n'a pas toute la nuit. Et n'oublie pas : tu n'as droit qu'à une seule chance.

— Tu peux faire n'importe quoi ? Comme transformer mes frères en singes, par exemple ?

— C'est ce que tu veux ? Rien de plus facile. Hop !

Le Malappris pirouette, cabriole puis lance quelques mots étranges :

Je tire la langue et je lève la patte
Ce que je fais t'étonne et t'épate
C'est bien le lot des Malappris
D'offrir plaisir et magie

— Voilà qui est fait ! Ton souhait est réalisé. Surtout, ne me remercie pas.

Tout s'est passé si vite que Margot n'est pas sûre d'avoir bien saisi.

— Attends, Malappris, je n'ai pas dit que *c'était* mon souhait. Je donnais un exemple.

— Comment, un exemple ? Mademoiselle voulait faire un premier essai ? Ah non ! Ça ne prend pas avec moi. Il est trop tard : ce qui est fait est fait.

3

Les singeries du Malappris

Margot regarde le petit animal avec inquiétude.

— Que… que veux-tu dire ?

— Tu m'as clairement demandé de transformer tes frères en singes. Voilà. Aimerais-tu que nous allions contempler mon œuvre ?

Sans répondre, Margot se précipite vers la maison. Elle entre dans la chambre de ses trois frères.

Arrivée près des lits, elle dirige la lumière de la lampe de poche sur leur visage. Horreur ! Trois singes dorment, la tête sur l'oreiller. Trois singes vêtus des pyjamas de Pierre, Jean et Jacques ! Margot les secoue doucement, puis un peu plus brusquement. Rien à faire. C'est à peine si l'un d'eux grogne en se retournant.

Margot est bouleversée. Que vont dire ses parents ? Jamais elle n'a réellement souhaité un aussi grand malheur à ses frères. À cause d'elle, on se moquera d'eux à l'école. A-t-on jamais vu un singe connaître ses règles de

conjugaison ? Pour la première fois de sa vie, Margot est prise de pitié pour Pierre, Jean et Jacques.

Dans la pénombre, elle distingue la silhouette du Malappris. Il saute sur le lit de Pierre et se penche sur le singe endormi.

— Hum ! C'est vrai qu'ils ne sont pas très jolis. Mais bon. Cela fait-il une grande différence ? J'ai cru comprendre que tes frères n'étaient pas toujours gentils avec toi. Dorénavant, tu pourras monter un numéro de singes savants avec eux…

Margot est scandalisée !

— Qu'est-ce que tu dis ? Ce sont mes frères ! Tu dois absolument les rendre comme ils étaient avant.

— Impossible. Un, je ne peux défaire ce qui a été fait. Deux, je t'avais prévenue, je ne peux réaliser qu'un vœu par an.

— C'est injuste ! Ce n'était pas mon vœu. Tu ne m'as même pas laissé le temps de réfléchir. Sinon j'aurais demandé des choses bien plus merveilleuses.

Margot jette de nouveau un œil sur les trois têtes velues et elle éclate en sanglots.

— En plus, mes pauvres frères puent ! Ils sentent l'animalerie !

Le Malappris est un peu confus.

— Je ne comprends pas. D'habitude, les gens sont heureux quand je réalise leur vœu. Me voilà bien embêté. À moins que…

Le Malappris se mordille les doigts.

— À moins que je ne t'emmène voir le Grand Impoli, le chef des Malappris. Il est très vieux et très sage. Il pourra sans doute t'aider.

Margot essuie ses larmes.

— Nous irions quand ?

— Tout de suite, si tu veux.

— Est-ce que je peux y aller en pyjama ?

— Certainement. Chez nous, on ne fait

pas de façons. Alors, écoute bien ce que je vais dire, et répète-le en fermant les yeux.

Le Malappris s'installe à califourchon sur le genou de Margot et déclame :

Je veux revoir ma douce patrie
Le vert pays des Malappris
Où il fait bon vivre à l'abri
En compagnie de mes amis

— C'est un peu compliqué, remarque Margot.

— Prends ton temps, je recommence. Et ferme bien les yeux.

Au deuxième essai, Margot réussit à répéter les paroles magiques. Elle se sent soudain un peu étourdie. Ensuite, une brise fraîche souffle sur son cou. Quand elle ouvre les yeux, elle se retrouve assise dans l'herbe, près d'un arbre. C'est toujours la nuit. Elle entend le clapotis de l'eau, tout proche. Cet endroit ne lui est pas étranger.

— On dirait le parc et la rivière, près de chez nous.

Le Malappris saute sur le sol.

— Mais *c'est* le parc, *c'est* la rivière. *Ma* rivière !

— On aurait pu y aller à pied, observe Margot.

— C'est vrai, je n'y avais pas pensé. Tu es brillante, dis donc. Presque autant que moi.

Le Malappris place sa patte gauche en cornet et se met à crier :

Oyez ! Oyez ! Tous les Malappris, approchez !
Sortez les doigts de votre nez,
la visite est arrivée !

Le pauvre Malappris a beau s'égosiller, personne ne vient à sa rencontre.

— Ce n'est pas normal, fait-il, inquiet.

Gigi et compagnie

Deux fois, trois fois, le Malappris répète son appel. Rien ne bouge dans la nuit silencieuse.

Soudain, Margot aperçoit une ombre remuer sous le feuillage d'un arbuste.

— Là-bas ! J'en vois un qui se cache !

Margot et le Malappris s'élancent en même temps. Sous les branches, une petite Malapprise tremblote de peur.

— C'est toi, Gigi ? s'étonne le Malappris. Qu'est-ce qui te prend de gigoter comme une barbote ? Où sont les autres ?

La petite femelle regarde Margot d'un air effarouché.

— Mais, Martin, que fais-tu avec une… humaine ?

— C'est une amie. Je veux la présenter au Grand Impoli. Tu n'as rien à craindre.

La Malapprise fait quelques pas vers eux et demande :

— Tu ne sais donc pas, Martin, que le Grand Malappris est très malade ?

— Malade ? répète Martin. Que s'est-il passé ?

— Il a volé les restes d'un pique-nique. Il a mangé… tu sais, ces petits trucs si délicieux ? Hé bien, ils devaient être empoisonnés ! Maintenant, notre chef a tellement mal au ventre que nous craignons pour sa vie.

Margot pense à ses frères. Elle doit parler au Grand Impoli à tout prix.

— Vite, Malappris, s'exclame-t-elle, courons voir votre chef !

— Suivez-moi tous les deux, commande la petite Malapprise.

Margot et les deux Malappris se dirigent rapidement vers le bord de l'eau.

Il est risqué de s'aventurer sur les berges de la rivière. De grosses pierres luisantes et parfois coupantes y forment un dangereux escalier. Les Malappris sont agiles, ils sautent de roche en roche sans s'arrêter.

— Attendez-moi, vous deux ! s'écrie Margot. Je ne suis pas entraînée comme vous. Mes parents me défendent toujours de venir jouer par ici.

Tous trois arrivent enfin devant une petite grotte qui fait face à la rivière. L'intérieur en est faiblement éclairé. L'endroit est trop étroit pour que Margot puisse y entrer. Elle reste donc accroupie dehors et observe l'incroyable scène.

Sept ou huit Malappris entourent un des leurs étendu sur un lit d'herbe. C'est le vieux chef, le Grand Impoli. Lui seul porte de longues moustaches grises qui s'étalent sur sa poitrine.

Martin le Malappris s'approche respectueusement de lui.

— Comment allez-vous, Grand Impoli ?

Le chef tourne la tête vers lui.

— Ah, Martin ! Tu as réussi à t'échapper ? J'en suis heureux. Comme tu vois, ça ne va pas très fort. Je crois que le temps est venu de me faire remplacer… Ouille ! Mon ventre !

— Mais qu'avez-vous donc mangé de si affreux, Grand Malappris ?

— Tu sais, ces merveilleuses petites choses… Comment ça s'appelle, déjà ? Moi qui vous répète tous les jours d'éviter la nourriture des humains, j'ai cédé à la gourmandise ! Ouille ! Aïe ! !

Margot aperçoit un sac chiffonné près de l'entrée de la grotte. Elle défroisse le papier métallique.

— Excusez-moi, fait-elle, est-ce de cette nourriture que vous parlez ?

Tous les Malappris se tournent vers Margot, l'air effaré.

— Une humaine ! Elle a découvert notre grotte !

Martin s'empresse de les rassurer :

— Ça va, ne vous énervez pas. Cette jeune fille m'a libéré. C'est grâce à elle si je suis de retour parmi vous.

Les Malappris la considèrent avec curiosité.

— Oh! Comme elle est drôle avec ses cheveux tout frisés!

— Et son pyjama fleuri! Hi! Hi!

— Et ses pantoufles farfelues! Hu! Hu! Hu!

— Laissez cette petite tranquille, intervient Martin. Elle est ici parce qu'elle a une faveur à vous demander, Grand Impoli.

5
La médaille magique

Le vieux chef se redresse avec effort.

— Vous désirez qu'on vous accorde une faveur, mademoiselle ?

— Oui, Grand Malélevé, commence Margot. Martin a transformé mes frères en singes. Pourtant ce n'était pas mon vœu. Il s'agit d'une erreur. Je veux que mes frères redeviennent des petits garçons. Mais Martin dit qu'il est trop tard.

— Hum ! En effet, ce qui a été fait ne peut pas être défait. D'un autre côté, si ce n'était pas réellement ton souhait de voir tes frères devenir des singes…

Le Grand Impoli reste songeur un moment. Puis, il se lève péniblement et tire vers lui un petit coffret de bois.

— Vois-tu, ma fille, les Malappris ne disent jamais *merci* ni *s'il vous plaît.* Mais ils ont bon cœur. Si un des nôtres t'a rendue malheureuse, nous devons réparer son erreur.

Le vieux Malappris ouvre le coffret et en sort une chaîne ornée d'un pendentif en or.

— Je te donne la médaille dorée des Malappris. Il faut que l'un de tes frères y touche. Ainsi, la magie s'annulera et tes frères redeviendront comme avant.

Les Malappris sont stupéfaits.

— Grand Impoli, vous ne pouvez pas donner cette médaille à une petite fille !

— Laissez-moi faire, vous autres. Ma vie ne tient peut-être qu'à un fil, mais je suis encore votre chef. Je sais ce qu'il faut faire.

Le vieux Malappris attache le bijou au cou de Margot.

— Et ne me dis pas merci, fillette !

Margot contemple le pendentif, finement gravé d'un « M » en son centre.

— Merc… je veux dire, vous êtes gentil, Grand… euh, Barbouillé. Mais, vous êtes sûr que cette médaille est vraiment magique ?

Martin l'interrompt :

— Ne mets pas en doute la parole du Grand Impoli. Cette médaille est un immense cadeau !

— Je m'exc… bon, d'accord !

Margot hésite. Elle montre le sac qu'elle a trouvé à l'entrée de la grotte.

— Grand Chef, je me mêle peut-être de ce qui ne me regarde pas, mais est-ce cette nourriture qui vous a empoisonné ?

Le Grand Malappris soupire :

— Malheureusement oui, petite. Sois prudente, n'y touche pas.

— Ce n'est pas du poison, j'en ai déjà

mangé au moins trois fois ! s'exclame Margot.
Ce sont des bonbons au caramel en forme de
dinosaure. Ma mère refuse toujours de m'en
acheter. Elle dit que c'est de la cochonnerie.
De la cochonnerie, je veux bien, mais pas du
poison !

— Tu… tu en es certaine ? balbutie le
Grand Impoli.

— Absolument ! Si vous avez mangé tout le sac, par contre, il ne faut pas vous étonner d'avoir mal au ventre. Même moi, je n'oserais pas !

Margot se dit en elle-même que le Grand Chef est peut-être vieux, mais qu'il n'est pas très sage.

6

De retour
dans la ménagerie...

Margot se penche à l'oreille du vieillard gourmand et chuchote :

— Vous n'en mourrez pas, rassurez-vous.

Le Grand Impoli la regarde avec respect.

— Puisses-tu dire vrai, petite fille ! Ton cœur me semble rempli de sagesse et de bon sens. Allez, retourne chez toi. Nous ne te disons pas *au revoir*, cela ne se fait pas chez nous.

Martin le Malappris l'interrompt :

— Attends !

Il court vers Margot.

— Je ne te dis pas *au revoir*, fillette, mais je peux t'offrir une caresse. Un, tu es la plus gentille des humaines que je connaisse. Deux, tes frères s'en rendront compte un jour.

Le Malappris prend la main de Margot et y dépose un petit baiser.

Margot est tout émue.

— Adieu, Malappris !

Le vieux chef lève le bras et prononce quelques paroles :

Qu'elle soit chez elle avant le jour
Par le chemin le plus court
Le chemin des Malappris
Qui sans détour franchit la nuit

Margot se sent aussitôt transportée par un vent chaud et tourbillonnant. Les yeux fermés, elle pense de tout son cœur à ses frères.

Bientôt, elle atterrit sur le plancher de sa chambre. Comme si elle était tombée du lit !

Aurait-elle rêvé ?

Elle tâte son cou pour s'assurer que la chaîne est toujours là. Oui ! Et la médaille dorée aussi.

Le jour se lève. Margot décide d'aller voir dans la chambre de ses frères si son souhait s'est réalisé. Elle traverse le corridor à pas de souris. La porte de Pierre, Jean et Jacques est entrouverte. Margot y passe la tête et regarde vers les lits.

Personne ! Les lits sont vides !

Elle entre dans la chambre. Trois singes font irruption de derrière la porte. Ils lui sautent dessus en poussant des cris aigus ! Les singes en pyjama lui tirent les cheveux. Ils tentent de la faire tomber. L'un d'eux s'agrippe même si fort à la petite médaille dorée qu'il finit par l'arracher du cou de Margot.

La pauvre fille tente de se défendre. Mais elle est toute seule contre trois. Elle retrouve toutefois assez de sang-froid pour crier :

— Maman ! À l'aide !

Les singes ont tout juste le temps d'aller
s'enfouir dans les couvertures. La mère arrive
dans la chambre, l'air ahuri :

— Êtes-vous en train de devenir fous ? Il
est à peine six heures du matin !

Margot s'élance vers sa mère :

— Maman, ils m'ont attaquée ! Ils étaient caché derrière la porte. Ce n'est pas de ma faute s'ils sont devenus des singes ! C'est à cause du lièvre !

Une voix émerge de sous les couvertures :

— C'est elle, la guenon ! Elle était venue nous espionner !

7

Une dernière surprise

Margot se retourne. Jean a sorti sa tête ébouriffée de sous les draps. Il lui tire la langue.

Ses frères sont redevenus des petits garçons ! Margot oublie sa colère. À son tour, Pierre pointe le nez hors des couvertures. Il tient entre le pouce et l'index la chaînette et le médaillon des Malappris.

— Tiens, ton bijou. Je n'ai pas fait exprès de le briser. Je… je m'excuse.

Margot le regarde, étonnée. C'est bien la

première fois que son frère s'excuse ! Serait-ce un effet de la magie des Malappris ?

Leur mère s'approche, curieuse.

— Où as-tu pris ce nouveau bijou, Margot ?

— Je… je l'ai trouvé au parc hier après-midi.

La maman s'assoit au bord du lit et examine l'objet avec étonnement.

— C'est incroyable, Margot ! Je crois que tu as retrouvé le fameux pendentif de grand-maman Marguerite. Celui qu'elle avait perdu au parc, il y a plus d'un an. Regarde, le petit « M » gravé sur un des côtés.

Elle lève les yeux vers Margot :

— Comment fais-tu, ma poupée ? Il me semble qu'il t'arrive toujours des choses étonnantes !

Jacques s'esclaffe :

— Comme attraper des vers de terre au lasso !

Cette fois, Margot ne se fâche pas. Elle est trop heureuse de retrouver ses vrais frères. Après tout, elle préfère encore les petits garçons aux vilains singes.

Même si, dans le cas de Pierre, Jean et Jacques, la différence n'est parfois pas très grande !